编辑委员会

顾　　问：张立文
委　　员：（按姓氏笔画排列）
　　　　　王心竹　方国根　罗安宪　林美茂　段海宝
　　　　　黄　锋　彭永捷　滕小丽
主　　编：罗安宪

出版策划：方国根
编辑主持：方国根　段海宝
责任编辑：段海宝
封面设计：石笑梦
版式设计：顾杰珍

中华传统经典诵读文本

"中华传统经典诵读等级考试"指定用书

宋代文选

罗安宪 主编

人民出版社

前 言

　　传统,是从历史上流传下来的、在历史上产生过重要影响、现今仍然存在并发生影响的文化信念、文化观念、心理态度及行为方式。经典是经过长期历史选择,而对本民族的文化传统产生重大影响,并最大限度地承载着本民族传统的文化典籍。经典之"经"有经久、恒常、根本的含义;经典之"典"有典章、典范、典雅的含义。传统经典既是在历史上长期流传、经久不衰的经典,又是承载、亘续传统的经典,是最有代表性、最为完美、最为精粹的经典。传统的直接载体是经典,经典保存了最优秀的中华传统文化。弘扬中华传统文化,最为简捷的途径是熟读经典。

　　中华文化源远流长,博大精深,中华民族在漫长的发展历程中,创造了无数璀璨的文化经典。经典之为经典,不是因为它是历史上产生的、是在历史上发生重要影响的文化典籍,而是因为它在历史的长河中一直持续发生影响,是因为它持续不断地影响着历史的发展，是因为它持续不断地塑造着民族精神，是因为它才是民族灵魂中永不磨灭的因子，是因为它才是传统得以传承最为重要的载体。

我们提倡诵读经典。诵读经典，是要大声地"读"，而不是无声地"看"。古人强调读书，不是看书。在读书过程中，眼睛、嘴巴、耳朵、心灵，全部投入其中，是全身心地投入，是与古代先贤精神上的沟通与交流。在读书中，与经典为伴，与圣贤为伴，仔细体会字里行间的深刻意涵。读经典不是简单地读一遍、两遍，而是要反复地读、大声地读。诵读经典，不仅可以增长智慧，开拓视野，还可以涵养气质，陶冶情操。特别是在身体与思想的养成阶段，通过诵读经典、熟悉经典，对于人格的养成，具有重要的、无可限量的意义。

为推动中华传统经典诵读活动的进一步发展，由中国人民大学孔子研究院发起，在全球范围内开展"中华传统经典诵读活动"。为配合此项活动，我们编选了"中华传统经典诵读文本"。

"中华传统经典诵读文本"，共13册，分别是：《周易》、《论语》、《老子》、《大学　中庸》、《孟子选》、《庄子选》、《春秋左传选》、《诗经选》、《汉代文选》、《唐代文选》、《宋代文选》、《唐诗选》、《宋词选》。所选文本为中国传统经典中最为重要、最有影响、最为优美的篇章。

文本的主要功能是诵读，故对文字不作解释，只对生僻字和易混字作注音。

罗　安　宪

2023年3月

目 录

一　前　言

一　岳阳楼记　范仲淹

四　朋党论　欧阳修

八　五代史伶官传序　欧阳修

一一　丰乐亭记　欧阳修

一四　醉翁亭记　欧阳修

一七　秋声赋　欧阳修

二〇　醒心亭记　曾巩

二三　墨池记　曾巩

二五　道山亭记　曾巩

三〇　游褒禅山记　王安石

三四　伤仲永　王安石

三六　答司马谏议书　王安石

三九　管仲论　苏洵

四四	六国论 苏洵
四八	刑赏忠厚之至论 苏轼
五二	范增论 苏轼
五六	留侯论 苏轼
六一	贾谊论 苏轼
六六	喜雨亭记 苏轼
六九	凌虚台记 苏轼
七二	超然台记 苏轼
七六	石钟山记 苏轼
八〇	前赤壁赋 苏轼
八四	后赤壁赋 苏轼
八七	黄州快哉亭记 苏辙
九一	三国论 苏辙
九六	隋论 苏辙

岳阳楼记 ◎范仲淹

庆历四年春,滕子京谪(zhé)守巴陵郡。越明年,政通人和,百废具兴。乃重修岳阳楼,增其旧制,刻唐贤今人诗赋于其上。属(zhǔ)予作文以记之。

予观夫巴陵胜状,在洞庭一湖。衔远山,吞长江,浩浩汤汤(shāng),横无际涯;朝晖夕阴,气象万千。此则岳阳楼之大观也,前人之述备矣。然则北通巫峡,南极潇湘,迁客骚人,多会于此,览物之情,得无异乎?

若夫霪(yín)雨霏霏,连月不

开，阴风怒号，浊浪排空；日星隐曜（yào），山岳潜形；商旅不行，樯（qiáng）倾楫（jí）摧；薄暮冥冥，虎啸猿啼。登斯楼也，则有去国怀乡，忧谗畏讥，满目萧然，感极而悲者矣。

至若春和景明，波澜不惊，上下天光，一碧万顷；沙鸥翔集，锦鳞游泳；岸芷（zhǐ）汀（tīng）兰，郁郁青青。而或长烟一空，皓月千里，浮光跃金，静影沉璧，渔歌互答，此乐何极！登斯楼也，则有心旷神怡，宠辱偕忘，把酒临风，其喜洋洋者矣。

嗟（jiē）夫！予尝求古仁人之心，或异二者之为，何哉？不以物喜，不以己悲；居庙堂之高则忧其民，处江湖之远则忧其君。是进亦忧，退亦忧。然则何时而乐耶？其必曰："先天下之忧而忧，后天下之乐而乐乎？"噫！微斯人，吾谁与归？

时六年九月十五日。

朋党论 ◎欧阳修

臣闻朋党之说，自古有之，惟幸人君辨其君子小人而已。大凡君子与君子以同道为朋，小人与小人以同利为朋，此自然之理也。

然臣谓小人无朋，惟君子则有之。其故何哉？小人所好者禄利也，所贪者财货也。当其同利之时，暂相党引以为朋者，伪也；及其见利而争先，或利尽而交疏，则反相贼害，虽其兄弟亲戚，不能相保。故臣谓小人无朋，其暂为朋者，伪也。君子则不然。所守者道义，所行者忠信，所惜者名节。以之修身，则同道而相益；以之事国，则同心而共济。终始如一，此君子之朋也。故为人君者，但当退小人之伪朋，用君子之真朋，则天下治矣。

尧之时，小人共（gòng）工、驩（huān）兜等四人为一朋，君子八元、八恺十六人为一朋。舜佐尧，退四凶小人之朋，而进元、恺君子之朋，尧之天下大治。及舜自为天子，而皋（gāo）、夔（kuí）、稷（jì）、契（xiè）等二十二人并列于朝，更相（gēng xiāng）称美，更相推让，凡二十二人为一朋，而舜皆用之，天下亦大治。《书》曰："纣有臣亿万，惟亿万心；周有臣三千，惟一心。"纣之时，亿万人各异心，可谓不为朋矣，然纣以亡国。周武王之臣，三千人为一大朋，而周用以兴。后汉献帝时，尽取天下名士囚禁之，目为党人。及黄巾贼起，汉室大乱，后方悔悟，尽解党人而释之，然已无救矣。唐之晚年，渐起朋党之论。及昭宗时，尽杀朝之名士，或投之黄河，曰："此辈清流，可投浊流。"而唐遂亡矣。

夫前世之主，能使人人异心不为

朋，莫如纣；能禁绝善人为朋，莫如汉献帝；能诛戮（lù）清流之朋，莫如唐昭宗之世；然皆乱亡其国。更相称美推让而不自疑，莫如舜之二十二臣，舜亦不疑而皆用之；然而后世不诮（qiào）舜为二十二人朋党所欺，而称舜为聪明之圣者，以能辨君子与小人也。周武之世，举其国之臣三千人共为一朋，自古为朋之多且大，莫如周；然周用此以兴者，善人虽多而不厌也。

嗟呼！兴亡治乱之迹，为人君者，可以鉴矣。

五代史伶官传序　　◎欧阳修

呜呼！盛衰之理，虽曰天命，岂非人事哉！原庄宗之所以得天下，与其所以失之者，可以知之矣。

世言晋王之将终也，以三矢赐庄宗而告之曰："梁，吾仇也；燕王，吾所立；契丹与吾约为兄弟；而皆背晋以归梁。此三者，吾遗恨也。与尔三矢，尔其无忘乃父之志！"庄宗受而藏之于庙。其后用兵，则遣从事以一少牢告庙，请其矢，盛以锦囊，负而前驱，及凯旋而纳之。

方其系燕父子以组，函梁君臣之

首，入于太庙，还矢先王，而告以成功，其意气之盛，可谓壮哉！及仇雠（chóu）已灭，天下已定，一夫夜呼，乱者四应，仓皇东出，未及见贼而士卒离散，君臣相顾，不知所归。至于誓天断发，泣下沾襟，何其衰也！岂得之难而失之易欤？抑本其成败之迹，而皆自于人欤（yú）？

《书》曰："满招损，谦得益。"忧劳可以兴国，逸豫可以亡身，自然之理也。故方其盛也，举天下之豪杰，莫能与之争；及其衰也，数十伶（líng）人困之,而身死国灭,为天下笑。夫祸患常积于忽微,而智勇多困于所溺,岂独伶人也哉!作《伶官传》。

丰乐亭记

◎欧阳修

修既治滁（chú）之明年，夏，始饮滁水而甘。问诸滁人，得于州南百步之远。其上则丰山，耸然而特立；下则幽谷，窈然而深藏；中有清泉，滃（wěng）然而仰出。俯仰左右，顾而乐之。于是疏泉凿石，辟地以为亭，而与滁人往游其间。

滁于五代干戈之际，用武之地也。昔太祖皇帝，尝以周师破李景兵十五万于清流山下，生擒其皇甫辉、姚凤于滁东门之外，遂以平滁。修尝考其山川，按其图记，升高以望清流之关，欲求辉、凤就擒之所。而故老皆无在也，盖天下之平久矣。自唐失其政，海内分裂，豪杰并起而争，所在为敌国者，何可胜数？及宋受天命，圣人出而四海一。向之凭恃险阻，铲削消磨，百年之间，漠然徒见山高而水清。欲问其事，而遗老尽矣！

今滁介江淮之间，舟车商贾、四方宾客之所不至，民生不见外事，而安于畎（quǎn）亩衣食，以乐生送死。而孰知上之功德，休养生息，涵煦（xù）于百年之深也。

修之来此，乐其地僻而事简，又爱其俗之安闲。既得斯泉于山谷之间，乃日与滁人仰而望山，俯而听泉。掇（duō）幽芳而荫乔木，风霜冰雪，刻露清秀，四时之景，无不可爱。又幸其民乐其岁物之丰成，而喜与予游也。因为本其山川，道其风俗之美，使民知所以安此丰年之乐者，幸生无事之时也。

夫宣上恩德，以与民共乐，刺史之事也。遂书以名其亭焉。

醉翁亭记　　◎欧阳修

环滁（chú）皆山也。其西南诸峰，林壑尤美，望之蔚然而深秀者，琅琊也。山行六七里，渐闻水声潺潺而泻出于两峰之间者，酿泉也。峰回路转，有亭翼然临于泉上者，醉翁亭也。作亭者谁？山之僧智仙也。名之者谁？太守自谓也。太守与客来饮于此，饮少辄（zhé）醉，而年又最高，故自号曰醉翁也。醉翁之意不在酒，在乎山水之间也。山水之乐，得之心而寓之酒也。

若夫日出而林霏开，云归而岩穴暝，晦明变化者，山间之朝暮也。野芳发而幽香，佳木秀而繁阴，风霜高洁，水落而石出者，山间之四时也。朝而往，暮而归，四时之景不同，而乐亦无穷也。

至于负者歌于途，行者休于树，前者呼，后者应，伛偻（yǔ lǚ）提携，往来而不绝者，滁人游也。临溪而渔，溪深而鱼肥。酿泉为酒，泉香而酒洌；山肴野蔌（sù），杂然而前陈者，太守宴也。宴酣（hān）之乐，非丝非竹，射者中，弈者胜，觥（gōng）筹（chóu）交错，起坐而喧哗者，众宾欢也。苍颜白发,颓然乎其间者,太守醉也。

已而夕阳在山,人影散乱,太守归而宾客从也。树林阴翳(yì),鸣声上下,游人去而禽鸟乐也。然而禽鸟知山林之乐,而不知人之乐;人知从太守游而乐,而不知太守之乐其乐也。醉能同其乐,醒能述以文者,太守也。太守谓谁?庐陵欧阳修也。

秋声赋 ◎欧阳修

欧阳子方夜读书,闻有声自西南来者,悚(sǒng)然而听之,曰:"异哉!"初淅沥以萧飒(sà),忽奔腾而砰湃(pēng pài),如波涛夜惊,风雨骤至。其触于物也,鏦鏦(cōng)铮铮(zhēng),金铁皆鸣;又如赴敌之兵,衔(xián)枚疾走,不闻号令,但闻人马之行声。

予谓童子:"此何声也?汝出视之。"童子曰:"星月皎洁,明河在天,四无人声,声在树间。"

予曰:噫嘻悲哉!此秋声也,胡为

而来哉？盖夫秋之为状也：其色惨淡，烟霏云敛；其容清明，天高日晶；其气栗冽(liè)，砭(biān)人肌骨；其意萧条，山川寂寥。故其为声也，凄凄切切，呼号愤发。丰草绿缛(rù)而争茂，佳木葱茏而可悦；草拂之而色变，木遭之而叶脱。其所以摧败零落者，乃其一气之余烈。夫秋，刑官也，于时为阴；又兵象也，于行用金，是谓天地之义气，常以肃杀而为心。天之于物，春生秋实，故其在乐(yuè)也，商声主西方之音，夷则为七月之律。商，伤也，物既老而悲伤；夷，戮（lù）也，物过盛而当杀。

嗟乎！草木无情，有时飘零。人为动物，惟物之灵；百忧感其心，万事劳其形；有动于中，必摇其精。而况思其力之所不及，忧其智之所不能；宜其渥（wò）然丹者为槁（gǎo）木，黟（yī）然黑者为星星。奈何以非金石之质，欲与草木而争荣？念谁为之戕（qiāng）贼，亦何恨乎秋声！

童子莫对，垂头而睡。但闻四壁虫声唧唧，如助予之叹息。

醒心亭记 ◎曾巩

滁（chú）州之西南，泉水之涯，欧阳公作州之二年，构亭曰"丰乐"，自为记，以见其名义。既又直丰乐之东几百步，得山之高，构亭曰"醒心"，使巩记之。

凡公与州之宾客者游焉，则必即丰乐以饮。或醉且劳矣，则必即醒心而望，以见夫群山之相环，云烟之相滋，旷野之无穷，草树众而泉石嘉，使目新乎其所睹，耳新乎其所闻，则其心洒然而醒，更欲久而忘归也。故即其所以然而为名，取韩子退之《北湖》之诗云。

噫！其可谓善取乐于山泉之间，而名之以见其实，又善者矣。

虽然，公之乐，吾能言之。吾君优游而无为于上，吾民给（jǐ）足而无憾于下。天下之学者，皆为材且良；夷狄鸟兽草木之生者，皆得其宜，公乐也。一山之隅（yú），一泉之旁，岂公乐哉？乃公所寄意于此也。

若公之贤，韩子殁（mò）数百年而始有之。今同游之宾客，尚未知公之难遇也。后百千年，有慕公之为人而览公之迹，思欲见之，有不可及之叹，然后知公之难遇也。则凡同游于此者,其可不喜且幸欤(yú)!而巩也,又得以文词托名于公文之次,其又不喜且幸欤!

庆历七年八月十五日记。

墨池记 ◎曾巩

临川之城东，有地隐然而高，以临于溪，曰新城。新城之上，有池洼然而方以长，曰王羲之之墨池者，荀伯子《临川记》云也。羲之尝慕张芝，临池学书，池水尽黑，此为其故迹，岂信然邪（yé）？

方羲之之不可强以仕，而尝极东方，出沧海，以娱其意于山水之间；岂其徜徉（cháng yáng）肆恣（zì），而又尝自休于此邪？羲之之书晚乃善，则其所能，盖亦以精力自致者，非天成也。然后世未有能及者，岂其学不如彼邪？则学固岂可以少哉，况欲深造道德者邪？

墨池之上，今为州学舍。教授王君盛恐其不章也，书"晋王右军墨池"之六字于楹（yíng）间以揭（jiē）之。又告于巩曰："愿有记"。推王君之心，岂爱人之善，虽一能不以废，而因以及乎其迹邪？其亦欲推其事以勉其学者邪？夫人之有一能而使后人尚之如此，况仁人庄士之遗风余思被于来世者何如哉！

庆历八年九月十二日，曾巩记。

道山亭记　　◎曾巩

闽,故隶周者也。至秦,开其地,列于中国,始并为闽中郡。自粤之太末,与吴之豫章,为其通路。其路在闽者,陆出则阸(è)于两山之间,山相属(zhǔ)无间断,累(lěi)数驿乃一得平地,小为县,大为州,然其四顾亦山也。其途或逆坂(bǎn)如絙(gēng),或垂崖如一发,或侧径钩出于不测之溪上:皆石芒峭(qiào)发,择然后可投步。负戴者虽其土人,犹侧足然后能进。非其土人,罕不踬(zhì)也。其溪行,则水皆自高泻下,石错出其间，如林立，如士骑（jì）满野，千里下上，不见首尾。水行其隙间，或衡缩蟉（liú）糅（róu），或逆走旁射，其状若蚓结，若虫镂（lòu），其旋若轮，其激若矢。舟溯（sù）沿者，投便利，失毫分，辄（zhé）破溺。虽其土长川居之人，非生而习水事者，不敢以舟楫（jí）自任也。其水陆之险如此。汉尝处其众江淮之间而墟其地，盖以其狭多阻，岂虚也哉？

福州治侯官，于闽为土中，所谓闽中也。其地于闽为最平以广，四出之山皆远，而长江在其南，大海在其东，其城之内外皆涂，旁有沟，沟通潮汐（xī），舟载者昼夜属（zhǔ）于门庭。麓多桀（jié）木，而匠多良能，人以屋室巨丽相矜，虽下贫必丰其居，而佛、老子之徒，其宫又特盛。城之中三山，西曰闽山，东曰九仙山，北曰粤王山，三山者鼎趾（zhǐ）立。其附山，盖佛、老子之宫以数十百，其瑰（guī）诡（guǐ）殊绝之状，盖已尽人力。

光禄卿、直昭文馆程公为是州，得闽山嵚崟（qīn yín）之际，为亭于其处,其山川之胜,城邑之大,宫室之荣,不下簟(diàn)席而尽于四瞩(zhǔ)。程公以谓在江海之上,为登览之观,可比于道家所谓蓬莱、方丈、瀛(yíng)州之山,故名之曰"道山之亭"。闽以险且远,故仕者常惮(dàn)往,程公能因其地之善,以寓其耳目之乐,非独忘其远且险,又将抗其思于埃壒(ài)之外,其志壮哉!

程公于是州以治行闻,既新其城,又新其学,而其余功又及于此。盖其岁满就更广州,拜谏议大夫,又拜给(jǐ)

事中、集贤殿修撰（zhuàn），今为越州，字公辟，名师孟云。

游褒禅山记 ◎王安石

褒禅山亦谓之华山，唐浮图慧褒始舍于其址，而卒葬之；以故其后名之曰"褒禅"。今所谓慧空禅院者，褒之庐冢（zhǒng）也。距其院东五里，所谓华山洞者，以其乃华山之阳名之也。距洞百余步，有碑仆道，其文漫灭，独其为文犹可识曰"花山"。今言"华"（huā）如"华（huá）实"之"华（huá）"者，盖音谬（miù）也。

其下平旷，有泉侧出，而记游者甚众，所谓前洞也。由山以上五六里，有穴窈（yǎo）然，入之甚寒，问其深，则其好游者不能穷也，谓之后洞。余与四人拥火以入，入之愈深，其进愈难，而其见愈奇。有怠而欲出者，曰："不出，火且尽。"遂与之俱出。盖余所至，比好游者尚不能十一，然视其左右，来而记之者已少。盖其又深，则其至又加少矣。方是时，余之力尚足以入，火尚足以明也。既其出，则或咎（jiù）其欲出者，而余亦悔其随之而不得极夫游之乐也。

于是余有叹焉。古人之观于天地、山川、草木、虫鱼、鸟兽，往往有得，以其求思之深而无不在也。夫夷以近，则游者众；险以远，则至者少。而世之奇伟、瑰（guī）怪，非常之观，常在于险远，而人之所罕至焉，故非有志者不能至也。有志矣，不随以止也，然力不足者，亦不能至也。有志与力，而又不随以怠，至于幽暗昏惑而无物以相（xiàng）之，亦不能至也。然力足以至焉，于人为可讥，而在己为有悔；尽吾志也而不能至者，可以无悔矣，其孰能讥之乎？此余之所得也。

余于仆碑，又以悲夫古书之不存，

后世之谬其传而莫能名者,何可胜道也哉!此所以学者不可以不深思而慎取之也。

四人者:庐陵萧君圭君玉,长乐王回深父,余弟安国平父、安上纯父。至和元年七月某日,临川王某记。

伤 仲 永　　◎王安石

　　金溪民方仲永，世隶耕。仲永生五年，未尝识书具，忽啼求之。父异焉，借旁近与之，即书诗四句，并自为其名。其诗以养父母、收族为意，传一乡秀才观之。自是指物作诗立就，其文理皆有可观者。邑人奇之，稍稍宾客其父，或以钱币乞之。父利其然也，日扳（bān）仲永环谒（yè）于邑人，不使学。

　　余闻之也久。明道中，从先人还家，于舅家见之，十二三矣。令作诗，不能称（chèn）前时之闻。又七年，还自扬州，复到舅家问焉。曰："泯（mǐn）然众人矣。"

王子曰：仲永之通悟，受之天也。其受之天也，贤于材人远矣。卒之为众人，则其受于人者不至也。彼其受之天也，如此其贤也，不受之人，且为众人；今夫不受之天，固众人，又不受之人，得为众人而已耶？

答司马谏议书 ◎王安石

某启：昨日蒙教，窃以为与君实游处相好之日久，而议事每不合，所操之术多异故也。虽欲强（qiǎng）聒（guō），终必不蒙见察，故略上报，不复一自辨。重（chóng）念蒙君实视遇厚，于反复不宜卤莽，故今具道所以，冀君实或见恕也。

盖儒者所争，尤在名实，名实已明，而天下之理得矣。今君实所以见教者，以为侵官、生事、征利、拒谏，以致天下怨谤（bàng）也。某则以为受命于人主，议法度而修之于朝廷，以授之于有司，不为侵官；举先王之政，以兴利除弊，不为生事；为天下理财，不为征利；辟（pì）邪说，难（nàn）壬（rén）人，不为拒谏。至于怨诽之多，则固前知其如此也。人习于苟且非一日，士大夫多以不恤（xù）国事、同俗自媚于众为善，上乃欲变此，而某不量敌之众寡，欲出力助上以抗之，则众何为而不汹汹然？盘庚之迁，胥（xū）怨者民也，非特朝廷士大夫而已。盘庚不为怨者故改其度，度（duó）义而后动，是而不见可悔故也。如君实责我以在位久,未能助上大有为,以膏泽斯民,则某知罪矣;如曰今日当一切不事事,守前所为而已,则非某之所敢知。

无由会晤,不任(rèn)区区向往之至。

管 仲 论 　　◎苏洵

管仲相（xiàng）威公，霸诸侯，攘（rǎng）夷狄，终其身齐国富强，诸侯不敢叛。管仲死，竖刁、易牙、开方用，威公薨（hōng）于乱，五公子争立，其祸蔓延，讫（qì）简公，齐无宁岁。

夫功之成，非成于成之日，盖必有所由起；祸之作，不作于作之日，亦必有所由兆。故齐之治也，吾不曰管仲，而曰鲍（bào）叔。及其乱也，吾不曰竖刁、易牙、开方，而曰管仲。何则？竖刁、易牙、开方三子，彼固乱人国者，顾其用之者，威公也。夫有舜而后知放四凶，有仲尼而后知去少正卯（mǎo）。彼威公何人也？顾其使威公得用三子者，管仲也。仲之疾也，公问之相。当是时也，吾意以仲且举天下之贤者以对。而其言乃不过曰："竖刁、易牙、开方三子，非人情，不可近"而已。

呜呼！仲以为威公果能不用三子矣乎？仲与威公处几年矣，亦知威公之为人矣乎？威公声不绝于耳，色不绝于目，而非三子者则无以遂其欲。彼其初之所以不用者，徒以有仲焉耳。一日无仲，则三子者可以弹（tán）冠而相庆矣。仲以为将死之言可以絷（zhí）威公之手足耶？夫齐国不患有三子，而患无仲。有仲，则三子者，三匹夫耳。不然，天下岂少三子之徒哉？虽威公幸而听仲，诛此三人，而其余者，仲能悉数而去之耶？呜呼！仲可谓不知本者矣。因威公之问，举天下之贤者以自代，则仲虽死，而齐国未为无仲也。夫何患三子者？不言可也。

五伯（bà）莫盛于威、文，文公

之才，不过威公，其臣又皆不及仲；灵公之虐，不如孝公之宽厚。文公死，诸侯不敢叛晋，晋习文公之余威，犹得为诸侯之盟主百余年。何者？其君虽不肖，而尚有老成人焉。威公之薨（hōng）也，一乱涂地，无惑也，彼独恃（shì）一管仲，而仲则死矣。

夫天下未尝无贤者，盖有有臣而无君者矣。威公在焉，而曰天下不复有管仲者，吾不信也。仲之书，有记其将死论鲍叔、宾胥无之为人，且各疏其短。是其心以为数子者皆不足以托国。而又逆知其将死，则其书诞谩（màn）不足信也。吾观史鳅（qiū），以不能进蘧（qú）伯玉，而退弥子瑕，故有身后之谏。萧何且死，举曹参以自代。大臣之用心，固宜如此也。夫国以一人兴，以一人亡。贤者不悲其身之死，而忧其国之衰，故必复有贤者，而后可以死。彼管仲者，何以死哉？

六国论 ◎苏洵

六国破灭,非兵不利,战不善,弊在赂(lù)秦。赂秦而力亏,破灭之道也。或曰:六国互丧,率赂秦耶?曰:不赂者以赂者丧,盖失强援,不能独完。故曰:弊在赂秦也。

秦以攻取之外,小则获邑,大则得城。较秦之所得,与战胜而得者,其实百倍;诸侯之所亡,与战败而亡者,其实亦百倍。则秦之所大欲,诸侯之所大患,固不在战矣。思厥(jué)先祖父,暴(pù)霜露,斩荆棘,以有尺寸之地。子孙视之不甚惜,举以予人,如弃草芥。今日割五城，明日割十城，然后得一夕安寝。起视四境，而秦兵又至矣。然则诸侯之地有限，暴秦之欲无厌，奉之弥繁，侵之愈急。故不战而强弱胜负已判矣。至于颠覆，理固宜然。古人云："以地事秦，犹抱薪救火，薪不尽，火不灭。"此言得之。

齐人未尝赂秦，终继五国迁灭，何哉？与嬴而不助五国也。五国既丧（sàng），齐亦不免矣。燕赵之君，始有远略，能守其土，义不赂秦。是故燕虽小国而后亡，斯用兵之效也。至丹以荆卿为计，始速祸焉。赵尝五战于秦，二败而三胜。后秦击赵者再，李牧连却之。洎（jì）牧以谗（chán）诛，邯（hán）郸为郡，惜其用武而不终也。且燕赵处秦革灭殆（dài）尽之际，可谓智力孤危，战败而亡，诚不得已。向使三国各爱其地，齐人勿附于秦，刺客不行，良将犹在，则胜负之数，存亡之理，当（tǎng）与秦相较，或未易量。

呜呼！以赂秦之地，封天下之谋臣，以事秦之心，礼天下之奇才，并力西向，则吾恐秦人食之不得下咽也。悲夫！有如此之势，而为秦人积威之所劫，日削（xuē）月割，以趋于亡。为国者无使为积威之所劫哉！

夫六国与秦皆诸侯，其势弱于秦，而犹有可以不赂而胜之之势。苟以天下之大，而从六国破亡之故事，是又在六国下矣。

刑赏忠厚之至论 ◎苏轼

尧、舜、禹、汤、文、武、成、康之际,何其爱民之深,忧民之切,而待天下以君子、长者之道也。有一善,从而赏之,又从而咏歌嗟叹之,所以乐其始而勉其终。有一不善,从而罚之,又从而哀矜惩创之,所以弃其旧而开其新。故其吁俞(xū yú)之声,欢忻(xīn)惨戚,见于虞、夏、商、周之书。成、康既没(mò),穆王立,而周道始衰,然犹命其臣吕侯,而告之以祥刑。其言忧而不伤,威而不怒,慈爱而能断,恻(cè)然有哀怜无辜之心,故孔子犹有取焉。《传》曰:"赏疑从与,所以广恩也;罚疑从去,所以慎刑也。"

当尧之时,皋陶(gāo yáo)为士。将杀人,皋陶曰"杀之"三,尧曰"宥(yòu)之"三。故天下畏皋陶执法之坚,而乐尧用刑之宽。四岳曰"鲧(gǔn)可用",尧曰"不可,鲧方命圮(pǐ)族",既而曰:"试之"。何尧之不听皋陶之杀人,而从四岳之用鲧也?然则圣人之意,盖亦可见矣。《书》曰:"罪疑惟轻,功疑惟重。与其杀不辜,宁失不经。"呜呼,尽之矣。

可以赏，可以无赏，赏之过乎仁；可以罚，可以无罚，罚之过乎义。过乎仁，不失为君子；过乎义，则流而入于忍人。故仁可过也，义不可过也。古者赏不以爵禄，刑不以刀锯。赏之以爵禄，是赏之道行于爵禄之所加，而不行于爵禄之所不加也。刑之以刀锯，是刑之威施于刀锯之所及，而不施于刀锯之所不及也。先王知天下之善不胜赏，而爵禄不足以劝也；知天下之恶不胜刑，而刀锯不足以裁也。是故疑则举而归之于仁，以君子长者之道待天下，使天下相率而归于君子长者之道。故曰：忠厚之至也。

《诗》曰："君子如祉（zhǐ），乱庶遄（chuán）已。君子如怒，乱庶遄沮（jǔ）。"夫君子之已乱，岂有异术哉？时其喜怒，而无失乎仁而已矣。《春秋》之义，立法贵严，而责人贵宽。因其褒贬义，以制赏罚，亦忠厚之至也。

范增论 ◎苏轼

汉用陈平计,间(jiàn)疏楚君臣,项羽疑范增与汉有私,稍夺其权。增大怒曰:"天下事大定矣,君王自为之,愿赐骸(hái)骨,归卒伍。"未至彭城,疽(jū)发背,死。

苏子曰:"增之去,善矣。不去,羽必杀增。独恨其不早尔。"然则当以何事去?增劝羽杀沛公,羽不听,终以此失天下,当以是去耶?曰:"否。增之欲杀沛公,人臣之分也;羽之不杀,犹有君人之度也。增曷(hé)为以此去哉?《易》曰:'知几(jī)其神乎!'

《诗》曰：'如彼雨（yù）雪，先集维霰（xiàn）。'增之去，当于羽杀卿子冠军时也。"

陈涉之得民也，以项燕扶苏。项氏之兴（xīng）也，以立楚怀王孙心。而诸侯之叛之也，以弑义帝。且义帝之立，增为谋主矣。义帝之存亡，岂独为楚之盛衰，亦增之所与同祸福也。未有义帝亡，而增独能久存者也。羽之杀卿子冠军也，是弑义帝之兆也。其弑义帝，则疑增之本也，岂必待陈平哉？物必先腐也，而后虫生之；人必先疑也，而后谗入之。陈平虽智，安能间（jiàn）无疑之主哉？

吾尝论义帝，天下之贤主也。独遣沛公入关，而不遣项羽；识卿子冠军于稠人之中，而擢（zhuó）为上将，不贤而能如是乎？羽既矫（jiǎo）杀卿子冠军，义帝必不能堪，非羽弑帝，则帝杀羽，不待智者而后知也。增始劝项梁立义帝，诸侯以此服从。中道而弑之，非增之意也。夫岂独非其意，将必力争（zhèng）而不听也。不用其言，而杀其所立，羽之疑增必自此始矣。

方羽杀卿子冠军，增与羽比肩而事义帝，君臣之分（fèn）未定也。为增计者，力能诛羽则诛之，不能则去之，岂不毅然大丈夫也哉？增年七十，合则留，不合即去，不以此时明去就之分，而欲依羽以成功名，陋矣！虽然，增，高帝之所畏也；增不去，项羽不亡。呜呼，增亦人杰也哉！

留侯论 ◎苏轼

古之所谓豪杰之士，必有过人之节，人情有所不能忍者。匹夫见辱，拔剑而起，挺身而斗，此不足为勇也。天下有大勇者，卒(cù)然临之而不惊，无故加之而不怒。此其所挟持者甚大，而其志甚远也。

夫子房受书于圯(yí)上之老人也，其事甚怪；然亦安知其非秦之世，有隐君子者出而试之。观其所以微见(xiàn)其意者，皆圣贤相与警戒之义；而世不察，以为鬼物，亦已过矣。且其意不在书。当韩之亡，秦之方盛也，以刀锯鼎镬（huò）待天下之士。其平居无罪夷灭者，不可胜数。虽有贲（bēn）、育，无所复施。夫持法太急者，其锋不可犯，而其势未可乘。子房不忍忿忿之心，以匹夫之力，而逞于一击之间；当此之时，子房之不死者，其间不能容发（fà），盖亦已危矣。千金之子，不死于盗贼，何者？其身之可爱，而盗贼之不足以死也。子房以盖世之才，不为伊尹、太公之谋，而特出于荆轲、聂政之计，以侥幸于不死，此圯上老人所为深惜者也。是故倨傲鲜（xiān）腆（tiǎn）而深折之。彼其能有所忍也，然后可以就大事，故曰："孺子可教也。"

楚庄王伐郑，郑伯肉袒（tǎn）牵羊以逆。庄王曰："其君能下人，必能信用其民矣。"遂舍之。勾践之困于会稽（kuài jī），而归臣妾于吴者，三年而不倦。且夫有报人之志，而不能下人者，是匹夫之刚也。夫老人者，以为子房才有余，而忧其度量之不足，故深折其少年刚锐之气，使之忍小忿而就大谋。何则？非有生平之素，卒（cù）

然相遇于草野之间，而命以仆妾之役，油然而不怪者，此固秦皇之所不能惊，而项籍之所不能怒也。

观夫高祖之所以胜，而项籍之所以败者，在能忍与不能忍之间而已矣。项籍唯不能忍，是以百战百胜而轻用其锋；高祖忍之，养其全锋而待其弊，此子房教之也。当淮阴破齐而欲自王（wàng），高祖发怒，见（xiàn）于词色。由此观之，犹有刚强不忍之气，非子房其谁全之？

太史公疑子房以为魁梧奇伟，而其

状貌乃如妇人女子，不称（chèn）其志气。呜呼！此其所以为子房欤！

贾谊论 ◎苏轼

非才之难，所以自用者实难。惜乎！贾生，王者之佐，而不能自用其才也。

夫君子之所取者远，则必有所待；所就者大，则必有所忍。古之贤人，皆负可致之才，而卒不能行其万一者，未必皆其时君之罪，或者其自取也。

愚观贾生之论，如其所言，虽三代何以远过？得君如汉文，犹且以不用死。然则是天下无尧、舜，终不可有所为耶？仲尼圣人，历试于天下，苟非大无道之国，皆欲勉强（qiǎng）扶持，庶几(jī)一日得行其道。将之荆,先之以冉有,申之以子夏。君子之欲得其君,如此其勤也。孟子去齐,三宿(sù)而后出昼,犹曰:"王其庶几召我。"君子之不忍弃其君,如此其厚也。公孙丑问曰:"夫子何为不豫?"孟子曰:"方今天下,舍我其谁哉?而吾何为不豫?"君子之爱其身,如此其至也。夫如此而不用,然后知天下果不足与有为,而可以无憾矣。若贾生者,非汉文之不能用生,生之不能用汉文也。

夫绛(jiàng)侯亲握天子玺(xǐ)

而授之文帝，灌（guàn）婴连兵数十万，以决刘、吕之雌雄，又皆高帝之旧将，此其君臣相得之分（fèn），岂特父子骨肉手足哉？贾生，洛阳之少年。欲使其一朝之间，尽弃其旧而谋其新，亦已难矣。为贾生者，上得其君，下得其大臣，如绛、灌之属，优游浸渍（zì）而深交之，使天子不疑，大臣不忌，然后举天下而唯吾之所欲为，不过十年，可以得志。安有立谈之间，而遽（jù）为人"痛哭"哉！观其过湘为赋以吊屈原，纡（yū）郁愤闷，趯（tì）

然有远举之志。其后以自伤哭泣，至于夭绝。是亦不善处穷者也。夫谋之一不见用，则安知终不复用也？不知默默以待其变，而自残至此。呜呼！贾生志大而量小，才有余而识不足也。

古之人，有高世之才，必有遗俗之累。是故非聪明睿智不惑之主，则不能全其用。古今称苻坚得王猛于草茅之中，一朝（zhāo）尽斥去其旧臣，而与之谋。彼其（jī）匹夫略有天下之半，其以此哉！愚深悲生之志，故备论之。亦使人君得如贾生之臣，则知其有狷

(juàn）介之操，一不见用，则忧伤病沮，不能复振。而为贾生者，亦谨其所发哉！

喜雨亭记 ◎苏轼

亭以雨名,志喜也。古者有喜,则以名物,志不忘也。周公得禾,以名其书;汉武得鼎,以名其年;叔孙胜狄,以名其子。其喜之大小不齐,其示不忘一也。

余至扶风之明年,始治官舍。为亭于堂之北,而凿池其南,引流种木,以为休息之所。是岁之春,雨(yù)麦于岐山之阳,其占(zhān)为有年。既而弥月不雨,民方以为忧。越三月,乙卯乃雨,甲子又雨,民以为未足。丁卯大雨,三日乃止。官吏相与庆于庭,商贾相与歌于市，农夫相与忭（biàn）于野，忧者以喜，病者以愈，而吾亭适成。

于是举酒于亭上，以属（zhǔ）客而告之，曰："五日不雨可乎？"曰："五日不雨则无麦。""十日不雨可乎？"曰："十日不雨则无禾。"无麦无禾，岁且荐（jiàn）饥，狱讼繁兴，而盗贼滋炽（chì）。则吾与二三子，虽欲优游以乐于此亭，其可得耶？今天不遗斯民，始旱而赐之以雨。使吾与二三子得相与优游以乐于此亭者，皆雨之赐也。其又可忘耶？

既以名亭，又从而歌之，曰："使天而雨（yù）珠，寒者不得以为襦（rú）；使天而雨（yù）玉，饥者不得以为粟。一雨三日，伊谁之力？民曰太守。太守不有，归之天子。天子曰不（fǒu），归之造物。造物不自以为功，归之太空。太空冥冥，不可得而名。吾以名吾亭。"

凌虚台记 ◎苏轼

国于南山之下,宜若起居饮食与山接也。四方之山,莫高于终南;而都邑之丽山者,莫近于扶风。以至近求最高,其势必得。而太守之居,未尝知有山焉。虽非事之所以损益,而物理有不当然者。此凌虚之所为筑也。

方其未筑也,太守陈公杖履逍遥于其下。见山之出于林木之上者,累累(léi)如人之旅行于墙外而见其髻(jì)也。曰:"是必有异。"使工凿其前为方池,以其土筑台,高出于屋之檐而止。然后人之至于其上者,恍然不知台之高,而以为山之踊跃奋迅而出也。公曰:"是宜名凌虚。"以告其从事苏轼,而求文以为记。

轼复于公曰:物之废兴成毁,不可得而知也。昔者荒草野田,霜露之所蒙翳(yì),狐虺(huǐ)之所窜伏。方是时,岂知有凌虚台耶?废兴成毁,相寻于无穷,则台之复为荒草野田,皆不可知也。尝试与公登台而望,其东则秦穆之祈年、橐(tuó)泉也,其南则汉武之长杨、五柞(zuò),而其北则隋之仁寿,唐之九成也。计其一时之盛,宏杰诡（guǐ）丽，坚固而不可动者，岂特百倍于台而已哉？然而数世之后，欲求其仿佛，而破瓦颓（tuí）垣（yuán），无复存者，既已化为禾黍（shǔ）荆棘丘墟陇（lǒng）亩矣，而况于此台欤！

夫台犹不足恃以长久，而况于人事之得丧，忽往而忽来者欤！而或者欲以夸世而自足，则过矣。盖世有足恃者，而不在乎台之存亡也。既以言于公，退而为之记。

超然台记　　◎苏轼

凡物皆有可观。苟有可观，皆有可乐，非必怪奇伟丽者也。餔糟（bū zāo）啜醨（chuò lí），皆可以醉；果蔬草木，皆可以饱。推此类也，吾安往而不乐？

夫所为求福而辞祸者，以福可喜而祸可悲也。人之所欲无穷，而物之可以足吾欲者有尽，美恶之辨战乎中，而去取之择交乎前。则可乐者常少，而可悲者常多。是谓求祸而辞福。夫求祸而辞福，岂人之情也哉？物有以盖之矣。彼游于物之内，而不游于物之外。物非有大小也，自其内而观之，未有不高且大者也。彼挟（xié）其高大以临我，则我常眩（xuàn）乱反复，如隙中之观斗，又焉知胜负之所在。是以美恶横生，而忧乐出焉，可不大哀乎！

余自钱塘移守胶西，释舟楫之安，而服车马之劳；去雕墙之美，而蔽采椽（chuán）之居；背湖山之观，而适桑麻之野。始至之日，岁比不登，盗贼满野，狱讼充斥；而斋厨索然，日食杞（qǐ）菊。人固疑余之不乐也。处之期（jī）年，而貌加丰，发之白者，日以反黑。予既乐其风俗之淳，而其吏民亦安予之拙（zhuō）也。

于是治其园圃，洁其庭宇，伐安丘、高密之木，以修补破败，为苟全之计。而园之北，因城以为台者旧矣，稍葺（qì）而新之。时相与登览，放意肆志焉。南望马耳、常山，出没隐见（xiàn），若近若远，庶几有隐君子乎！而其东则庐山，秦人卢敖之所从遁也。西望穆陵，隐然如城郭，师尚父、齐桓公之遗烈，犹有存者。北俯潍（wéi）水，慨（kǎi）然太息，思淮阴之功，而吊其不终。台高而安，深而明，夏凉而冬温。雨（yù）雪之朝，风月之夕，予未尝不在，客未尝不从。撷（xié）园蔬，取池鱼，酿秫（shú）酒，瀹（yuè）脱粟而食之，曰："乐哉游乎！"

方是时，予弟子由，适在济南，闻而赋之，且名其台曰"超然"，以见余之无所往而不乐者，盖游于物之外也。

石钟山记　　◎苏轼

《水经》云:"彭蠡(lí)之口有石钟山焉。"郦(lì)元以为下临深潭,微风鼓浪,水石相搏,声如洪钟。是说也,人常疑之。今以钟磬(qìng)置水中,虽大风浪不能鸣也,而况石乎!至唐李渤始访其遗踪,得双石于潭上,扣而聆之,南声函胡,北音清越,桴(fú)止响腾,余韵徐歇。自以为得之矣。然是说也,余尤疑之。石之铿(kēng)然有声者,所在皆是也,而此独以钟名,何哉?

元丰七年六月丁丑,余自齐安舟行

适临汝，而长子迈将赴饶之德兴尉，送之至湖口，因得观所谓石钟者。寺僧使小童持斧，于乱石间择其一二扣之，硿硿（kōng）焉，余固笑而不信也。至莫（mù）夜月明，独与迈乘小舟，至绝壁下。大石侧立千尺，如猛兽奇鬼，森然欲搏人；而山上栖鹘（hú），闻人声亦惊起，磔磔（zhé）云霄间；又有若老人咳且笑于山谷中者，或曰此鹳（guàn）鹤也。余方心动欲还，而大声发于水上，噌吰（chēng hóng）如钟鼓不绝。舟人大恐。徐而察之，则山下皆石穴罅（xià），不知其浅深，微波入焉，涵澹（dàn）澎湃而为此也。舟回至两山间，将入港口，有大石当中流，可坐百人，空中而多窍，与风水相吞吐，有窾（kuǎn）坎镗鞳（tāng tà）之声，与向之噌吰者相应，如乐（yuè）作焉。因笑谓迈曰："汝识（zhì）之乎？噌吰者，周景王之无射（yì）也；窾坎镗鞳者，魏庄子之歌钟也。古之人不余欺也！"

事不目见耳闻，而臆断其有无，可乎？郦元之所见闻，殆与余同，而言之不详；士大夫终不肯以小舟夜泊绝壁之下，故莫能知；而渔工水师虽知而不能言。此世所以不传也。而陋者乃以斧斤考击而求之，自以为得其实。余是以记之，盖叹郦元之简，而笑李渤之陋也。

前赤壁赋　　◎苏轼

壬戌之秋,七月既望,苏子与客泛舟游于赤壁之下。清风徐来,水波不兴。举酒属(zhǔ)客,诵明月之诗,歌窈窕之章。少焉,月出于东山之上,徘徊于斗(dǒu)牛之间。白露横江,水光接天。纵一苇之所如,凌万顷之茫然。浩浩乎如冯(píng)虚御风,而不知其所止;飘飘乎如遗世独立,羽化而登仙。

于是饮酒乐甚,扣舷(xián)而歌之。歌曰:"桂棹(zhào)兮兰桨,击空明兮溯(sù)流光。渺渺兮予怀,望美人兮天一方。"客有吹洞箫者，倚歌而和（hè）之。其声呜呜然，如怨如慕，如泣如诉，余音袅袅（niǎo），不绝如缕。舞幽壑之潜蛟，泣孤舟之嫠（lí）妇。

苏子愀（qiǎo）然，正襟危坐，而问客曰："何为其然也？"客曰："'月明星稀，乌鹊南飞。'此非曹孟德之诗乎？西望夏口，东望武昌，山川相缪（liáo），郁乎苍苍，此非孟德之困于周郎者乎？方其破荆州，下江陵，顺流而东也，舳舻（zhú lú）千里，旌

（jīng）旗蔽空，酾（shī）酒临江，横槊（shuò）赋诗，固一世之雄也，而今安在哉？况吾与子渔樵于江渚（zhǔ）之上，侣鱼虾而友麋（mí）鹿，驾一叶之扁（piān）舟，举匏（páo）尊以相属（zhǔ）。寄蜉蝣（fú yóu）于天地，渺沧海之一粟。哀吾生之须臾，羡长江之无穷。挟飞仙以遨游，抱明月而长终。知不可乎骤得，托遗响于悲风。"

苏子曰："客亦知夫水与月乎？逝者如斯，而未尝往也；盈虚者如彼，而卒莫消长也。盖将自其变者而观之，则天地曾（zēng）不能以一瞬；自其不变者而观之，则物与我皆无尽也，而又何羡乎！且夫天地之间，物各有主，苟非吾之所有，虽一毫而莫取。惟江上之清风，与山间之明月，耳得之而为声，目遇之而成色，取之无禁，用之不竭，是造物者之无尽藏（zàng）也，而吾与子之所共适。"

客喜而笑，洗盏更酌。肴核既尽，杯盘狼藉。相与枕藉（jiè）乎舟中，不知东方之既白。

后赤壁赋　　◎苏轼

是岁十月之望,步自雪堂,将归于临皋。二客从予,过黄泥之坂(bǎn)。霜露既降,木叶尽脱。人影在地,仰见明月,顾而乐之,行歌相答。

已而叹曰:"有客无酒,有酒无肴,月白风清,如此良夜何?"客曰:"今者薄暮,举网得鱼,巨口细鳞,状如松江之鲈(lú)。顾安所得酒乎?"归而谋诸妇。妇曰:"我有斗酒,藏之久矣,以待子不时之需。"于是携酒与鱼,复游于赤壁之下。江流有声,断岸千尺,山高月小,水落石出。曾日月之几何,而江山不可复识矣！

予乃摄衣而上，履巉（chán）岩，披蒙茸，踞虎豹，登虬（qiú）龙，攀栖鹘（hú）之危巢，俯冯（féng）夷之幽宫。盖二客不能从焉。划然长啸，草木震动，山鸣谷应，风起水涌。予亦悄（qiǎo）然而悲，肃然而恐，凛（lǐn）乎其不可留也。反而登舟，放乎中流，听其所止而休焉。

时夜将半，四顾寂寥。适有孤鹤，横江东来。翅如车轮，玄裳缟（gǎo）衣，戛（jiá）然长鸣，掠予舟而西也。

须臾客去，予亦就睡。梦一道士，羽衣蹁跹，过临皋之下，揖（yī）予而言曰："赤壁之游乐乎?"问其姓名，俯而不答。"呜呼！噫嘻！我知之矣。畴昔之夜，飞鸣而过我者，非子也耶?"道士顾笑，予亦惊寤。开户视之，不见其处。

黄州快哉亭记　　◎苏辙

江出西陵，始得平地。其流奔放肆大，南合沅（yuán）、湘，北合汉沔（miǎn），其势益张。至于赤壁之下，波流浸灌，与海相若。清河张君梦得，谪（zhé）居齐安，即其庐之西南为亭，以览观江流之胜，而余兄子瞻（zhān）名之曰"快哉"。

盖亭之所见，南北百里，东西一舍。涛澜汹涌，风云开阖（hé）。昼则舟楫出没于其前，夜则鱼龙悲啸于其下，变化倏（shū）忽，动心骇目，不可久视。今乃得玩之几席之上，举目而足。西望武昌诸山，冈陵起伏，草木行列，烟消日出。渔夫樵父之舍，皆可指数。此其所以为"快哉"者也。至于长洲之滨，故城之墟。曹孟德、孙仲谋之所睥睨（pì nì），周瑜、陆逊之所骋骛（wù），其流风遗迹，亦足以称快世俗。

昔楚襄王从宋玉、景差（cuō）于兰台之宫，有风飒（sà）然至者，王披襟当之，曰："快哉，此风！寡人所与庶人共者耶？"宋玉曰："此独大王之雄风耳，庶人安得共之！"玉之言，盖有讽焉。夫风无雌雄之异，而人有遇不遇之变。楚王之所以为乐，与庶人之所以为忧，此则人之变也，而风何与（yù）焉？士生于世，使其中不自得，将何往而非病？使其中坦然，不以物伤性，将何适而非快？

今张君不以谪为患，窃会（kuài）计之余功，而自放山水之间，此其中宜有以过人者。将蓬户瓮牖（wèng yǒu）无所不快，而况乎濯（zhuó）长江之清流，揖（yī）西山之白云，穷耳目之胜以自适也哉！不然，连山绝壑，长林古木，振之以清风，照之以明月,此皆骚人思士之所以悲伤憔悴而不能胜者,乌睹其为快也哉!

元丰六年十一月朔(shuò)日,赵郡苏辙记。

三 国 论

◎苏辙

天下皆怯而独勇，则勇者胜；皆暗而独智，则智者胜。勇而遇勇，则勇者不足恃也；智而遇智，则智者不足恃也。夫惟智勇之不足以定天下，是以天下之难（nàn）蜂起而难（nán）平。盖尝闻之，古者英雄之君，其遇智勇也，以不智不勇，而后真智大勇乃可得而见（xiàn）也。

悲夫！世之英雄，其处于世，亦有幸不幸邪？汉高祖、唐太宗，是以智勇独过天下而得之者也；曹公、孙、刘，是以智勇相遇而失之者也。以智攻智，以勇击勇，此譬如两虎相捽（zuó），齿牙气力，无以相胜，其势足以相扰，而不足以相毙。当此之时，惜乎无有以汉高帝之事制之者也。

昔者项籍乘百战百胜之威，而执诸侯之柄，咄（duō）嗟叱咤（zhà），奋其暴怒，西向以逆高祖，其势飘忽震荡如风雨之至。天下之人，以为遂无汉矣。然高帝以其不智不勇之身，横塞其冲，徘徊而不得进，其顽钝椎（zhuī）鲁，足以为笑于天下，而卒能摧折项氏而待其死，此其故何也？夫人之勇力，用而不已，则必有所耗竭；而其智虑久而无成，则亦必有所倦怠而不举。彼欲用其所长以制我于一时，而我闭门而拒之，使之失其所求，逡（qūn）巡求去而不能去，而项籍固已毙矣。

今夫曹公、孙权、刘备，此三人者，皆知以其才相取，而未知以不才取人也。世之言者曰：孙不如曹，而刘不如孙。刘备唯智短而勇不足，故有所不若于二人者，而不知因其所不足以求胜，则亦已惑矣。盖刘备之才，近似于高祖，而不知所以用之之术。昔高祖之所以自用其才者，其道有三焉耳：先据势胜之地，以示天下之形；广收信、越出奇之将，以自辅其所不逮；有果锐刚猛之气而不用，以深折项籍猖狂之势。此三事者，三国之君，其才皆无有能行之者。独有一刘备近之而未至，其中犹有翘（qiáo）然自喜之心，欲为椎鲁而不能钝，欲为果锐而不能达，二者交战于中，而未有所定。是故所为而不成，所欲而不遂。弃天下而入巴蜀，则非地也；用诸葛孔明治国之才，而当纷纭征伐之冲，则非将也；不忍忿忿之心，犯其所短，而自将以攻人，则是其气不足尚也。

嗟夫！方其奔走于二袁之间，困于吕布而狼狈于荆州，百败而其志不折，不可谓无高祖之风矣，而终不知所以自用之方。夫古之英雄，惟汉高帝为不可及也夫！

隋　论　　◎苏辙

人之于物，听其自附，而信其自去，则人重而物轻。人重而物轻，则物之附人也坚。物之所以去人，分裂四出而不可禁者，物重而人轻也。古之圣人，其取天下，非其驱而来之也；其守天下，非其劫而留之也。使天下自附，不得已而为之长，吾不役天下之利，而天下自至。夫是以去就之权在君，而不在民，是之谓人重而物轻。且夫吾之于人，已求而得之，则不若使之求我而后从之；已守而固之，则不若使之不忍去我，而后与之。故夫智者或可与取天下矣，而不可与守天下。守天下则必有大度者也。何者？非有大度之人，则常恐天下之去我，而以术留天下。以术留天下，而天下始去之矣。

昔者三代之君，享国长远，后世莫能及。然而亡国之暴，未有如秦、隋之速，二世而亡者也。秦、隋之亡，其弊果安在哉？自周失其政，诸侯用事，而秦独得山西之地，不过千里。韩、魏压其冲，楚胁其肩，燕、赵伺其北，而齐掉其东。秦人被（pī）甲持兵，七世而不得解，寸攘（rǎng）尺取，至始皇然后合而为一。秦见其取天下若此其难也，而以为不急持之，则后世且复割裂以为敌国。是以毁名城，杀豪杰，销锋镝（dí），以绝天下之望。其所以备虑而固守之者甚密如此，然而海内愁苦无聊，莫有不忍去之意。是以陈胜、项籍因民之不服，长呼起兵，而山泽皆应。由此观之，岂非其重失天下，而防之太过之弊欤？

今夫隋文之世，其亦见天下之久不定，而重失其定也。盖自东晋以来，刘聪、石勒、慕容、苻坚、姚兴、赫连之徒，纷纷而起者，不可胜数。至于元氏，并吞灭取，略已尽矣，而南方未服。元氏自分而为周、齐，周并齐而授之隋。隋文取梁灭陈，而后天下为一。彼亦见天下之久不定也，是以既得天下之众，而恐其失之；享天下之乐，而惧其不久；立于万民之上，而常有猜防不安之心，以为举世之人，皆有曩（nǎng）者英雄割据之怀，制为严法峻令，以杜天下之变。谋臣旧将，诛灭略尽，而独死于杨素之手，以及于大故。终于炀帝之际，天下大乱，涂地而莫之救。由此观之，则夫隋之所以亡者，无以异于秦也。

悲夫！古之圣人，修德以来天下，天下之所为去就者，莫不在我，故其视失天下甚轻。夫惟视失天下甚轻，是故其心舒缓，而其为政也宽。宽者生于无忧，而惨急者生于无聊耳。昔尝闻之，周之兴，太王避狄于岐，豳（bīn）之人民扶老携幼，而归之岐山之下，累累（léi）而不绝，丧失其旧国，而卒以大兴。及观秦、隋，唯不忍失之而至于亡,然后知圣人之为是宽缓不速之行者,乃其所以深取天下者也。

责任编辑：段海宝

图书在版编目（CIP）数据

宋代文选／罗安宪 主编．—北京：人民出版社，2017.7（2023.3 重印）
（中华传统经典诵读文本）
ISBN 978-7-01-017754-0

I.①宋⋯ II.①罗⋯ III.①中国文学－古典文学－作品综合集－宋代 IV.① I214.41

中国版本图书馆 CIP 数据核字（2017）第 127047 号

宋 代 文 选
SONGDAI WENXUAN

罗安宪 主编

人 民 出 版 社 出版发行
（100706 北京市东城区隆福寺街 99 号）

北京汇林印务有限公司印刷 新华书店经销

2017 年 7 月第 1 版 2023 年 3 月北京第 2 次印刷
开本：710 毫米 × 1000 毫米 1/16 印张：7
字数：22 千字 印数：20,001-24,000 册

ISBN 978-7-01-017754-0 定价：27.00 元
邮购地址 100706 北京市东城区隆福寺街 99 号
人民东方图书销售中心 电话：(010) 65250042 65289539

版权所有·侵权必究
凡购买本社图书，如有印制质量问题，我社负责调换。
服务电话：(010) 65250042